Relatos retratados

Carmen Muruve

Relatos
retratados

COLECCIÓN
**ESCUELA
LITERARIA**

Directora de arte: Marina Zambrana

Carmen Muruve
Relatos retratados

Primera edición en Ediciones Idea: 2025
© De la edición: Ediciones Idea, 2025
© Del texto: Carmen Muruve
© De las ilustraciones: Carmen Muruve
© Del retrato de la autora: Miguel Ángel Roldán

Ediciones Idea

• San Clemente, 24, Edificio El Pilar,
38002, Santa Cruz de Tenerife.
Tel.: 922 532150
• León y Castillo, 39 – 4º B,
35003 Las Palmas de Gran Canaria
Tel.: 928 373637 – 928 381827
• correo@edicionesidea.com
• www.edicionesidea.com

Fotomecánica e impresión: Gráficas Tenerife, S.A.
Impreso en España – *Printed in Spain*
ISBN: 978-84-10272-76-7
Depósito legal: TF 277-2025

Grafito y madera

Soy un delgado cilindro de grafito embutido en otro más grueso, de madera. Ocupo poco espacio, apenas diecisiete centímetros de largo por ocho milímetros de grosor. Pero no me menosprecies por mi tamaño, o por mi aparente sencillez, soy poderoso. Guardo en mi núcleo infinitas historias que esperan a ser contadas.

Talismán, amuleto, necesito del calor de tu mano para que se desate la magia que me habita. Es entonces cuando me transformo en lanza que acaricia el papel. Dócil en la mano que me guía, trazo quilómetros de distancia que van configurando un particular paisaje de valles y colinas, lagunas y montañas.

Lo sé todo de ti.

Sé cómo es tu ánimo y tu personalidad por la presión que ejerces en la línea trazada.

Sé si eres tímido e indeciso, o, por el contrario, firme y resolutivo.

También sé que no todos los días estás igual, por cómo fluye la sangre en tu pulso.

Y sé cuándo una pena te deja moribundo en la cuneta porque la línea no se cierra del todo, y el alma se te escapa por sus huecos.

Mineral y madera, mi origen es la tierra. Allí, los de tu estirpe me contaron los cuentos que aguardan en mi núcleo. Tú también algún día, descansando en la tierra para siempre, susurrarás tu historia al grafito escondido, a la raíz atenta. Y otro lápiz, en la mano de tu hijo dibujará palabras nuevas de lo antiguo.

Doble o nada

Pepe y Paco eran mellizos. Pepe, que tenía que ser el primero en todo, nació antes, mientras Paco esperaba su turno acurrucado en el vientre de su madre.

Pepe era el curioso, el emprendedor, pero en contrapartida resultaba ser inconstante en sus logros. El entusiasmo por las cosas se le desvanecía apenas conseguidas, y de inmediato, se lanzaba a explorar nuevas ideas que perdían su brillo poco después. Pepe no era capaz de conservar nada, de retener nada, y esa colección de triunfos efímeros lo dejaban sumido en el vacío. Quizás por esto, su aspecto físico era de una delgadez enfermiza. Su piel, del color de la terracota, se le quedaba adherida a los huesos de la cara como un pergamino arrugado.

Paco, por el contrario, nació sin iniciativa. Nunca se atrevía a hacer nada que no hubiese hecho antes su hermano, al que sin embargo intentaba superar siempre en todo. De esta forma, cuando Pepe se comía un bocadillo, Paco tenía que comerse dos. Que Pepe se bebía un litro de vino, Paco, para no ser

menos, dos. Y si Pepe se fumaba una cajetilla de cigarros al día, Paco había de fumarse dos. Hasta cuando a Pepe comenzó a caérsele el pelo, Paco apenas peinaba ya un cabello en su cabeza.

Por eso Paco, a fuerza de probar y engullir el doble de todo y a la velocidad que el carácter de su hermano le imprimía a los tiempos, era gordo y la piel se le estiraba lustrosa sobre el rostro henchido como un globo.

La cosa se empezó a complicar cuando Pepe se echó una novia. Acto seguido, Paco pensó que él tenía que echarse dos, pero aquello no era tan sencillo como los bocadillos, el vino o los cigarros.

Hasta ahora, si el bocadillo de Pepe era por ejemplo de chorizo, a Paco le correspondían dos, de chorizo también. Si el vino era un Valdepeñas, no era cuestión de cambiarse a un Rioja o un Ribera; y con el tabaco lo mismo, si Pepe fumaba rubio, Paco no iba a fumar negro o tabaco de picadura. De lo que fuese, lo mismo y el doble. Esa era la consigna y lo que le daba sentido al juego, si no, ¿en qué estaba superando a su hermano? Y ahora tenía que buscarse una novia como la de Pepe y encima, doble. La vida se lo estaba poniendo muy difícil.

Así estaban las cosas cuando pasado un tiempo, una extraña mutación parecía estar afectando a los dos hermanos. A Pepe, que la ilusión por las cosas apenas le alcanzaba para diez minutos, la novia le estaba durando demasiado. Es más, su naturaleza in-

quieta se fue apaciguando de tal modo que la sensación de vacío que tanto le atormentaba, desapareció,
dejando lugar a un sentimiento pletórico que le daba
razón a su existencia. Con la vida sosegada y los gui-
sos de su novia –todo hay que decirlo– fue poniendo
algunos quilos que a larga fueron muchos, y su tez,
ahora luminosa, reflejaba alegre su paz interior.

Paco por el contrario se mostraba ansioso. Ya no
podía superar a su hermano, y sin competición todas
las cosas fueron perdiendo el interés. Se había quedado flaco y chupado, y la misma sensación de vacío que antes pertenecía a Pepe, se había instalado
con fuerza en sus entrañas.

*

Paco está asomado a la ventana de su casa fumando sin parar, con el desánimo dibujado en la
cara. Desde que no puede superar a su hermano, los
pensamientos que le rondan la cabeza son oscuros y
planos. El mundo ha perdido su brillo y su relieve.

A su lado, Pepe también fuma, alongándose con
ilusión por el marco de la ventana, buscando con la
mirada a Rosita, su novia, que debe estar a punto de
llegar con el almuerzo. Ayer le dijo que iba a darle
una sorpresa, y Pepe piensa inmediatamente en
aquella tarta de chocolate que le preparó en sus co-
mienzos de novios y con la que acabó de conquis-
tarlo por completo.

Ya la ve aparecer por la esquina de la calle, que
se ilumina a su paso. ¡La quiere tanto!

Pero hoy Rosita no viene sola, la acompañan dos mujeres, que irrumpen en el barrio hablando y riendo, cargadas con bolsas.

Se paran bajo la ventana y Rosita hace las presentaciones: «Aurora y Felipa, mis dos primas de Agaete, que han venido a pasar unos días conmigo. ¿Es que no nos va a ayudar ningún mozo a subir la compra?».

Pepe se apresura a bajar para echar una mano. Por nada del mundo quisiera disgustar a su novia. Paco las mira con indiferencia, mientras sigue fumando apoyado en el alféizar de la ventana. Entonces se da cuenta de que las primas son mellizas y se parecen un escándalo a Rosita, la novia de su hermano. El gusanillo de la competición se le despierta en sus tripas, y esbozando una sonrisa, baja corriendo las escaleras.

Amantes hermanas

Elsa y Olga vienen de otra época. Un tiempo en que su relación era algo prohibido y vergonzoso. Siendo jóvenes, decidieron mudarse a otra ciudad, quizás más permisiva y con mejor clima; pero lo más importante, donde nadie las conocía.

Se instalaron allí y urdieron el engaño. De puertas para fuera eran dos hermanas solteras bien avenidas que iban juntas a todas partes. De puertas adentro, dos enamoradas que compartían su vida, amantes apasionadas que ahogaban sus gemidos para que los vecinos no las descubriesen.

Pero el tiempo se echó sobre sus espaldas y los límites entre la verdad y la mentira que ellas tan bien habían sabido tejer, difuminaron sus aristas hasta convertirse en una misma cosa.

A fuerza de contarse sus vidas una a otra, ahora tienen recuerdos comunes, como si de verdad fuesen hermanas y su familia la misma.

–¿Recuerdas cuando papá trajo aquel pavo enorme de estraperlo para la cena de Nochebuena?

–Como para olvidarse, Olga. ¡Qué atracón, todavía me duele la tripa al acordarme!

Siguen paseando juntas lo que sus piernas torponas les permiten, pero ahora se cogen de la mano y se besan en la boca. Eso ya no es raro, ni prohibido, aunque llame la atención que lo hagan dos ancianas. Los vecinos del barrio las miran y piensan que chochean.

–¡Míralas, otra vez se piensan que son novias!

El feo

Sé que no soy guapo, pero prefiero ignorarlo. Al fin y al cabo, el concepto de belleza ha tenido siempre un valor muy fluctuante, como las cotizaciones en bolsa, a las que me dedico con bastante éxito.

Es precisamente esta palabra la que define mi vida: ÉXITO. Negocios, dinero, viajes, sexo. Todo viene a mí de forma natural, sin apenas esfuerzo. Todo me sale bien porque tengo una poderosa confianza en mí mismo.

Soy la envidia de mis colegas, sobre todo a la hora de ligar. Ellos se preguntarán: «¿cómo es posible que este tío tan feo ligue tanto?». Es así. Ligo lo que me da la gana. No hay mujer que se me resista.

Para los negocios o el dinero la fealdad no es un estorbo, aunque es imprescindible causar buena impresión. Así que como me lo puedo permitir, acudo al mejor sastre. Un virtuoso, un auténtico artista de la tijera y la aguja que es capaz de disimular mis hombros caídos y mi chepa incipiente. Incluso mi patilarga esencia queda equilibrada cuando me embuto en uno de sus maravillosos trajes.

Es importante aparentar, pero aún lo es más creerte tu apariencia. Cada día, cuando salgo a la calle, pienso que me voy a comer el mundo, y el mundo se me ofrece en bandeja para que yo me lo coma.

Parece fácil, pero he de reconocer que no poseo un talento natural para conducirme de esta manera por la vida. Me ha costado tiempo y esfuerzo, pero sobre todo estrategia. Aunque parezca invencible, yo también tengo mi talón de Aquiles.

El estigma de feo me ha perseguido desde la infancia. He tenido que soportar burlas y bromas de todo tipo por su culpa. Hasta que me cansé, y como ya les dije, decidí ignorar mi fealdad.

Es complicado, en un mundo lleno de cristales relucientes y lunas de ascensores que multiplican tu imagen hasta el infinito. Esto queda resuelto con unas buenas gafas de sol, a ser posible con efecto espejo, así, el que me mira se ve reflejado y no se fija en mí.

El auténtico problema lo tengo cuando llego a casa. En la intimidad uno se relaja, baja la guardia y en cuanto me enfrento al azogue, mi autoestima se desbarata. Me veo tal cual soy, feo de lo más feo que te puedas imaginar. Conclusión táctica: en mi casa no hay espejos. Bueno, es un decir, claro que hay porque a ver si no cómo me arreglo. Digamos que no están colocados del modo convencional. En mi casa los espejos están en el suelo, apoyados contra la pared, de modo que mi cabeza queda fuera del marco.

Para afeitarme también tengo mis trucos. Apoyo el espejo en el lavabo y cubro la parte de arriba con una toalla. Cuando toca peinarme, la toalla va a parar a la parte de abajo.

El caso es verme en porciones, porque si me veo completo, el reflejo se me indigesta y ya no sirvo para nada. Solo me dan ganas de llorar y entonces me doy cuenta de que lo que de verdad me aterra no es la fealdad, sino la soledad que escondo tras la estudiada máscara de mi éxito, y me da por pensar si no habrá una princesa en el mundo que quiera besar con el corazón a este horrendo sapo y quedarse con él para siempre.

Invitación a la curiosidad

El turista es un anciano entrado en años. Pasea por una ciudad histórica, con innumerables rincones con encanto, casas señoriales, iglesias antiguas, incluso una catedral. Lo observa todo, como tantas otras veces en otros lugares, por los que ha viajado desde joven, a lo largo del mundo. Más que un viajero, es un buscador de tesoros. Le sigue apasionando conocer sitios nuevos, culturas distintas, costumbres inesperadas. Pero cada vez le resulta más difícil.

Quizás es que ha viajado demasiado, porque ya nada le sorprende, ya no encuentra aquella emoción de las primeras veces. Digamos que dobla una esquina, en una ciudad cualquiera, e intuye lo que se va a encontrar al otro lado. Y lo más frustrante es que casi nunca se equivoca.

Antes estaba la juventud, ese momento tierno en el que no había perdido todavía la capacidad de asombro, y en el que cualquier exceso no le impedía levantarse al día siguiente dispuesto de nuevo a comerse el mundo, ese mundo que entonces le parecía tan grande e inabarcable. Hasta que alguien se inventó lo de la maldita aldea global, y la tierra dejó de tener matices y diversidad para convertirse en un mapa plano e insulso donde todo tiene cabida en todas partes. Tesoros expoliados, lugares masificados. Viajar se ha convertido en el trabajo de las vacaciones.

Ahora ya no tiene edad de viajar solo. Va en un grupo que en cierta manera le facilita las cosas, pero lo detesta. Por eso en cuanto puede, manteniendo la distancia justa que le permita volver al rebaño cuando no tenga más remedio, se va alejando para buscar lo insólito, lo emocionante, lo que nadie ve. No quiere que le cuenten nada, quiere, necesita descubrirlo por sí mismo.

En la parte menos lucida de la fachada del edificio que se disponen a visitar, hay algo que le atrae. Siente que la curiosidad le está ofreciendo una invitación. Así que se escapa. Tiene tiempo suficiente para explorar mientras la guía turística se deshace en explicaciones históricas que a nadie le interesan.

Una pequeña puerta abierta de par en par da paso a un interior húmedo y oscuro, en el que apenas se deja esbozar el comienzo de una estrecha escalera. Con cuidado, va subiendo los peldaños. Arriba, una claridad enmarcada se va haciendo en el ascenso más grande y más intensa.

El exterior es un antiguo palomar. Sobre el basto suelo de cemento aún quedan restos de plumas y excrementos secos. Algunos marcos con alambre de gallinero se amontonan, desvencijados, por las esquinas de la azotea.

El anciano va despacio, poniendo atención en donde pisa hasta que, afianzado, levanta la vista. Y la ve. La ciudad se le ofrece como una novia virgen, solo para él, porque solo él es capaz de apreciar su auténtica belleza.

Sobre las cúpulas doradas y los altos campanarios, sobre la atmósfera cargada de aromas y de luz, su alma, eternamente joven, se echa a volar, feliz.

El espía

Alguien –llamémosle así– está sentado en ese banco del parque. Yo sé su nombre, su dirección, sus rutinas. Mi trabajo consiste precisamente en averiguar sutiles cambios en su conducta, cambios que me den pistas ciertas sobre las sospechas que se ciernen sobre Alguien. Tengo que adivinar por su lenguaje corporal, cuál va a ser el siguiente paso que se está fraguando en su cabeza. Pero tengo que hacerlo sin que se dé cuenta, disimular, hacer como que estoy allí por casualidad, por ejemplo, leyendo un periódico –con cuidado de no cogerlo del revés–, haciendo como que espero a una cita impuntual, acarreando bolsas de compra.

Mi cliente me ha contratado porque cree que Alguien se la está pegando con otra o con otro, vaya usted a saber, que eso de la bisexualidad hoy día es de lo más corriente. Pero mi tarea no es juzgar, sino llegar a la verdad.

Puede parecer un trabajo interesante. En las películas aparecemos rodeados de glamur, misterio y mujeres sofisticadas. Vamos siempre hechos un pincel con ropa a la última, y como recién salidos de la ducha. Asistimos a cenas elegantes, y nunca falta un buen cigarro y un vaso de bourbon en el que hacemos tintinear piedritas de hielo con descuido, mientras observamos a nuestra víctima. Escondida entre los pliegues de la impecable chaqueta aguarda nuestra arma, que usamos si es necesario y nunca tiene consecuencias legales para nosotros.

Mi realidad es bien distinta. Llevo vigilando a Alguien desde las diez de la mañana. Son las cuatro de la tarde y aquí sigo, acechando a ver si se le ocurre hacer algo distinto a lo de todos los días. Hace un calor de mil demonios, mi camisa está sudada y el juanete me está matando. He malcomido deprisa y medio a escondidas un bocadillo de pollo que me hice esta mañana que se me ha quedado seco como el ojo de un tuerto y además me está dando una sed insufrible. Las mujeres sofisticadas estarán en algún sitio, pero lo que es yo, no he conocido a ninguna en los veinticinco años que llevo de profesión. Y en cuanto al cigarro y al bourbon…

¡Atención!, Alguien se ha levantado. Parece que al fin habrá movimiento… No, falsa alarma, solo se estaba recolocando la camisa. Aunque pensándolo bien eso puede significar que quiere causarle buena impresión a esa ella o a ese él que debe estar al caer. Permaneceré atento. Un sopor insoportable se está apoderando de mí −¡este calor!−, pero ahora no puedo dormirme, no puedo, no debo…

Al fondo del parque, una nueva figura hace su aparición. Es una mujer joven, elegante, bellísima. Taconeando como si se deslizara por el aire se está acercando a Alguien. No sé de dónde ha salido esta cámara para espías, normalmente me apaño con el móvil, pero me dispongo a hacerles un buen reportaje a estos dos. Los voy a pillar bien pillados.

La mujer llega a la altura de Alguien y pasa de largo. ¿Me habrá visto?, ¿sospechará de mí? Alguien la ha mirado, claro; como para no mirarla, pero nada en su conducta hace pensar que esté disimulando. La mujer sigue contoneándose y se para delante de mí. Con una sonrisa deslumbrante, me ofrece un cigarrillo de sus labios y un vaso de bourbon de su mano enjoyada. El hielo brilla dentro de la copa hipnótico, tentador. Es demasiado para mí, después del día que llevo me resulta muy fácil dejarme arrastrar. Me abandono, me relajo, disfruto al fin del momento, estoy en el paraíso…

Un golpe contundente en la espalda me hace despertar aturdido. Unos niños a mi alrededor con cara de yo no fui, reclaman su balón. Sobresaltado, me levanto de un salto sacudiéndome las briznas de césped de mi camisa resudada. Miro al banco. «Alguien se ha marchado».

Des-conectado

Deprisa, camina deprisa. La cabeza inclinada mirando la pantalla de seis pulgadas que tiene ante sus ojos. Un ser mitológico condenado eternamente por los dioses a esta penosa tarea, a la que él se entrega con gusto y sin resignación.

La ciudad bulle a su alrededor, pero a él no le interesan las voces de la calle. Con sus auriculares escucha el sonido que emite el artefacto que sostiene en su mano derecha. De vez en cuando levanta el dedo pulgar y escribe algo deprisa, a la misma velocidad que sus pies.

Es primavera. Una luz increíble lo baña todo, proyectando a través de los árboles, sombras que invitan a pararse, a disfrutar por un momento de la belleza gratuita de las cosas cotidianas. Él pasa, ajeno a todo, sus sentidos ocupados en el estrecho mundo de las seis pulgadas.

En la pantalla, se ve una foto. Es del parque por donde acaba de pasar, una bonita imagen de los árboles vistos desde abajo. Ya está preparado con el dedo en alto para darle un *like*, pero le gusta tanto que añade un comentario: «Ños colega! k guapo el sitio, dónde es?».

La portera

Doña Lucía viene de la compra. Cuando dobla la esquina, ve que en el portón de su casa está la portera, doña Loles. Intenta eludirla haciendo como que va a cruzar a la farmacia, pero ya es tarde, la mirada de halcón de doña Loles la ha cazado al vuelo y desde lejos ya le está pregonando chismes. Doña Lucía, con tal de no pasar vergüenza, se acerca resignada a que la portera le dé el parte de todo el edificio.

A doña Lucía le fastidia enormemente la mala lengua de la Loles, pero prefiere estar a bien con ella para que no la despelleje como a los demás. La portera pese a todo, a veces se permite soltarle alguna pullita como quien no quiere la cosa, pero Lucía, en su habitual tono parsimonioso y diplomático, le resta importancia haciéndose la desentendida, aunque sienta que sus entrañas se le encienden como un volcán en erupción.

Doña Lucía lleva viviendo en el edificio desde que se casó, y desde entonces y porque la tiene en el piso de enfrente, conoce bien al mal bicho de la portera.

Esta ha intentado una y mil veces pillarla en un renuncio, sin ningún resultado. Doña Lucía es una persona tranquila y educada que nunca ha dado que hablar. Cuando enviudó, joven todavía, doña Loles la acechaba agrandando el ojo por la mirilla a ver si la visitaba algún hombre a deshora. Las noches en vela se pasaba con la cara pegada a la puerta, convencida de que tanta prudencia no podía ser verdad, que algo habría de esconder la santurrona esa, que se creía por encima del bien y del mal, como si no le picase como a todo el mundo, como a la niña del tercero, que se quedó preñada de un negro mantero y ahora exhibe al mulatito por todo el barrio, ¡vergüenza debía de darle a la muy pendona!, y la gente, ¡qué falsa!, haciéndole carantoñas al niño cuando en el fondo piensan lo mismo que ella, ¡que es una fresca y una indecente!. Y qué me dices de don Jacinto, el de la papelería, soltero toda su vida, sí, pero bien que se trae cada dos por tres a una fulana y suben los dos juntitos las escaleras, ellas con los tacones en la mano para no hacer ruido, pero a mí no se me escapan cuando pasan por delante de mi mirilla, ¡y anda que no se nota a legua lo que son esas pájaras! O don Paco, el que vive arriba mío. Tan correcto, tan devoto, tan de la parroquia, y luego se harta de ver pelis porno a las tantas, que no es que una ponga la oreja, no, ¡es que el hombre está sordo y de todo se ha de enterar una, aunque no quiera!

–¡Y es que empiezo y no acabo! –le iba contando la Loles punto por punto a doña Lucía en una retahíla interminable. Los congelados del súper se le estaban derritiendo, formando un charquito a sus pies. O más bien era ella la que se derretía, aguantando con estoicismo los aguijones de veneno de la portera.

Pero Lucía tenía sus recursos. Después de años y años soportando, había desarrollado un método infalible que le permitía sobrevivir a esta tortura. Cuando la Loles cogía carrerilla con la letanía del chisme, Lucía imaginaba que con un escalpelo bien afilado le iba cortando rebanadas de lengua hasta hacerla callar. Para darse fuerza mental, incluso se había comprado uno en la farmacia, y cada vez que salía a la calle, se lo echaba al bolsillo de la bata o el abrigo. Si se topaba con la portera, no tenía más que meter la mano y acariciarlo, imaginando con todo detalle las lonchas de lengua que caían al suelo como si se las estuviese despachando el charcutero. Doña Lucía lograba evadirse tanto que sin darse cuenta, iba entrando en una peligrosa ensoñación en la que los límites de lo imaginado y lo vivido fundían sus contornos en una única apariencia.

Aquel día, casi noche ya, la Loles traspasó todos los límites. En el fondo más negro de su negra alma, odiaba a doña Lucía. La odiaba precisamente porque nunca había conseguido nada que criticarle, nada que reprocharle a esa vida inmaculada. Así que pinchó y pinchó, inventando historias que ponían a su marido de putero, jugador, borracho y drogadicto, sin conseguir que a Lucía le temblase un cabello del moño. Y es que cuanto más y más veneno soltaba por su boca, más fina y virtuosa era la disección que doña Lucia imaginaba ejecutar en su lengua. Hasta que, agotada de sí misma, la Loles paró.

Doña Lucía por fin, llegó a su casa. Tiró los descongelados a la basura, se puso cómoda, sintiendo una inusual sensación de paz dentro de ella.

Oyó gritos en la calle. Se asomó a la ventana. La portera estaba tirada en el suelo, su cuerpo sin vida descansaba sobre un charco de sangre que salía de su boca.

La mochila

Pesaba mucho, demasiado. La culpa y el fracaso embutidos en un espacio tan pequeño.

No podía abandonarla, sería una traición. Tantos años juntos no eran como para dejarla tirada en cualquier parte. Era suya, nada más que suya, y solo él, como un elegido del destino, estaba condenado a portarla.

Pero pesaba tanto…Tanto que a veces jalaba de él y lo arrastraba al suelo. Boca arriba, como un insecto gigante sobre su pequeño caparazón, manoteando y pataleando, luchando por incorporarse, jadeante, confuso. Entonces venían a ayudarlo, la mochila tan aferrada a sus brazos que era imposible quitársela, y tiraban de él, dos, tres personas, sin apenas conseguir moverlo un poco.

—¿Qué lleva usted en esa mochila? ¿Cómo puede pesar tanto?

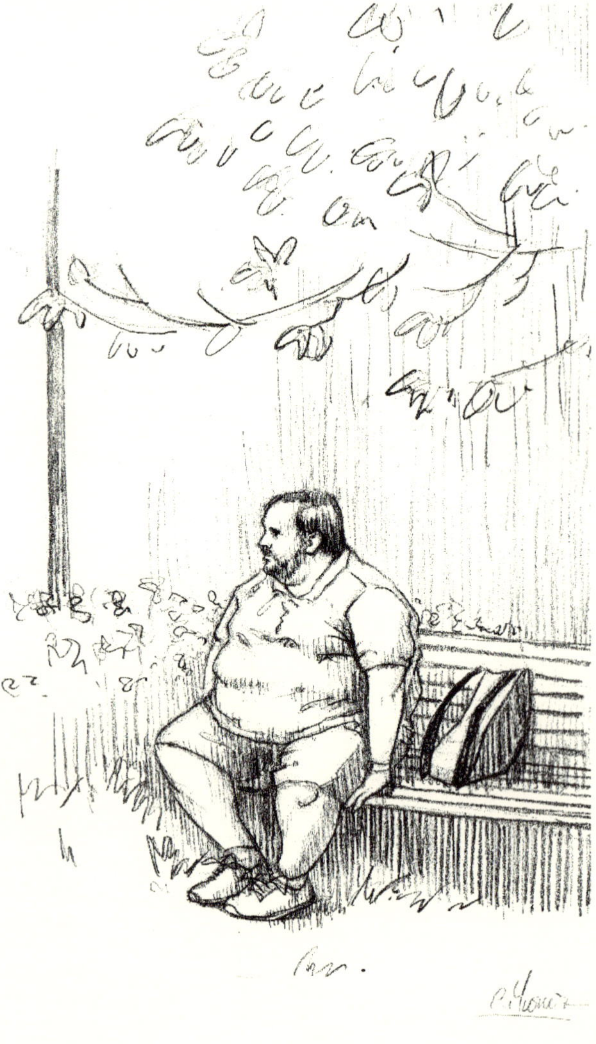

Poco a poco, sin proponérselo, su cuerpo se fue modificando, adaptándose a la forma y el peso del objeto para llevarlo con algo de dignidad. Se fue haciendo cada vez más grueso, y su espalda se iba inclinando progresivamente hacia adelante, hasta juntar el mentón con el pecho. Era un poco ridículo ver a aquel hombre tan gordo como porteador de aquella mochilita que parecía de colegio en comparación con su inmensa masa corporal.

Una tarde, agotado, se sentó en un banco del parque, y al ver a las parejas y a los niños recordó su vida, y cada recuerdo era una amargura teñida de culpa. Como una letanía pasaba lista a sus fracasos: el trabajo perdido, el abandono de su mujer, lo mal padre que fue. Suspiraba, y con cada suspiro se liberaba una espina de la mochila y se le clavaba en el cuerpo, que se iba deshinchando como un globo, como un neumático pinchado, hasta que el hombre, convertido en aire, desapareció.

La mochila quedó, sola y vacía, en el banco.

De colores

La tarde estaba desapacible. Un airecito frío daba paso a un viento que presagiaba lluvia. Ella venía de misa y como todas las tardes, se paró a mirar el mural que estaban pintando aquellos chicos. Siempre le atrajeron los colores atrevidos y las formas extrañas, aunque nunca se atrevió a usarlos para ella, ni en su ropa, ni en su casa, ni en sus pensamientos.

El viento derribó los botes de pintura y desde los andamios una lluvia de colores la pringó de arriba abajo. No dijo nada, la vergüenza de que la viesen así fue tan fuerte, que se metió en el parque. Se oyó un trueno. Una bandada de palomas que se había recogido en la arboleda se asustó y le cagó encima. Empezó a llover fuerte, muy fuerte. El agua se mezcló con los colores y la mierda, dibujando en su ropa insólitas geometrías.

Cuando llegó a casa, no pudo dejar de mirarse en el espejo durante horas. La invadía por completo una desconocida sensación de alegría. Su vida había cambiado para siempre.

El filósofo

Habla, habla sin parar. Habla para sobrevivir, para no perder la cordura en medio de la dura miseria que amenaza con tragárselo. Habla para perdurar, para que el hilo de sus pensamientos, como un ancla, lo mantengan aferrado a la vida.

Te dice su nombre –Andrés–. Te cuenta cosas del ayer, del hoy y del mañana sin una línea temporal definida. A lo mejor es cierto que el tiempo es solo una ilusión que abotarga los sentidos y deforma la realidad.

Andrés habla con los ojos y según de lo que te esté hablando, cambia de inmediato la expresión. Pone ojos de filósofo cuando te habla de la vida, de zorro cuando lo hace de política, y si es del amor, una lágrima dulce se le asoma sin llegar a derramarse.

Y habla sin parar, sin un minuto de sosiego, sin dar tregua a su portentosa memoria, porque mientras lo hace, su cabeza continúa en el mundo y Andrés habrá vencido a la muerte.

El menguado armazón de su esqueleto sostiene a duras penas un cuerpo roído por la mugre que lentamente, se va desvaneciendo.

Los demás lo rehúyen. Su imagen araña las conciencias. Es difícil mirarlo y reconocer en él a un ser humano. «Es un loco», se dicen, y vuelven a su vida, sus cosas y su prisa.

Pero de loco nada. Toda su lucha es esa: que no lo mate el olvido, que la miseria no lo entierre, que el futuro merezca ser vivido, que la ilusión por el amor perdure.

Cuando se aleja, puedes ver con claridad cómo su cuerpo se va desdibujando mientras su hermosa cabeza parlante flota sobre una multitud dócil y adocenada.

Esperando el tranvía

Con una gorra de visera cubriéndole la cara, otea el horizonte por si lo ve llegar. Se cruza de brazos, a ver si con ese gesto concentrado acelera el proceso. El sol está fuerte, casi rabioso, dibuja duras aristas de sombras en su ropa.

La cartera en bandolera, y la chaqueta –para qué me la habré puesto, para pasearla– doblada entre sus brazos. Como una fiera acechando a su presa, su figura es compacta, tensa. Se nota el nervio en sus tobillos dispuestos a saltar sin titubeos.

Pero no llega, y ya ha pasado con creces la hora convenida. El calor se hace notar cada vez más. El hombre se derrite –me va a dar una fatiga como no venga pronto–. Solo en el andén, fantasea con películas de ciudades fantasmas y holocaustos nucleares: ¿por qué no hay nadie si a esta hora esto está lleno de chiquillos que vuelven del instituto?

Mira el reloj digital. Los segundos se deslizan, se funden con los minutos como la mantequilla en el pan tostado.

—¡Qué hambre tengo! Cuando llegue a casa pongo la nevera del revés.

Los minutos se juntan entre sí, quince, veinte, veinticinco…

—¡Que le den al puto tranvía! Voy a coger un taxi, que por un día no me arruino.

Se pone de puntillas. Mira a su alrededor. Cruza el andén. Ahora está en la acera, pero no pasa un alma, ni coches, ni motos, ni por supuesto, taxis.

Se está empezando a preocupar de verdad. Mira al cielo, por si ve un avión. Nada. Se siente como el último hombre en la faz de la tierra. El calor, el hambre y la paranoia le han aflojado las piernas. Apenas si puede sostenerse.

—¡Socorro! —piensa, pero su boca no logra emitir ningún sonido. Levanta la cabeza para intentar respirar mejor y se cae de rodillas en el suelo. Intenta levantarse. No tiene fuerzas y se queda a cuatro patas, con la vana esperanza de que alguien venga en su ayuda.

Se percibe a lo lejos un sonido, un siseo, un arrastrar de cadenas, una vibración indefinida que atraviesa el aire.

—¡Ya están aquí, los zombis ya están aquí!

Y por fin, reluciente y colorido bajo el sol, aparece el majestuoso tranvía. Como no hay nadie en el andén, pasa de largo.

El Picasso viviente

Estoy harto de los críticos de arte que se empeñan en ver algo más allá de lo que represento, de los artistas que persiguen con su mirada la línea que me define, de todos los cientos de visitantes que cada día posan sus ojos en mí. Cansado de sus expresiones, o de su falta de expresión, de sus comentarios, de posar junto a ellos como si fuese un trofeo. No se hacen ustedes una idea, es para volverse loco.

Sí, me dibujó Picasso, y qué. Un día me vio por la calle y le suscité curiosidad, compasión, asco, ¡qué sé yo! El caso es que cogió lo primero que tenía a mano, dos papeles amarillentos pegados entre sí, y me inmortalizó.

¡Qué suerte! dirán algunos. Pero lo cierto es que es un fastidio. Desde que estoy aquí, estático y lineal, no he vuelto a fumarme una colilla, ni he podido darle un trago al vino peleón que tanto me gusta. Ya no duermo bajo las estrellas, ni puedo desatar mi lengua soltando procacidades al aire. Ya no soy libre, y eso está acabando conmigo.

Así que me voy. Cuando el museo esté cerrado y el vigilante haya hecho su ronda habitual, me descuelgo de este marco que me tiene encerrado y me largo a la calle.

El indiano

Un hombre mira por una ventana. Los travesaños, al contraluz del sol de la tarde, proyectan un enrejado de sombras sobre su camisa blanca. El hombre suspira, y atrapado en esa cárcel de luz, evoca un pasado que se aleja en el mar.

Hace años, en la misma ventana, un muchacho miraba al futuro y sus ojos iban construyendo un puente que paso a paso, lo acercaba a la otra orilla.

El sueño se cumplió, y el muchacho se hizo un hombre al otro lado del mar.

Allí malvivió trabajando en lo que pudo: buhonero, lañador, afilador, recovero, hasta que la fortuna se hizo su amiga y quiso regalarle un poco de bonanza. Poco a poco, con tesón y trabajo, consiguió juntar un buen dinero.

Conoció el amor de mujeres de distintos colores, y puede que algún hijo dejara en el camino, sin enterarse siquiera de que lo hacía.

A su manera fue feliz, aunque no por completo. Siempre lo acompañaba una frustrante sensación de estar de paso, de un algo que no acababa de asentarse, de un compromiso efímero que no cuajaba, de un vacío en su interior que nada ni nadie lograba llenar.

Así que pasados los años y sin nada que verdaderamente lo atase a aquellas tierras, decidió regresar. Cruzó el mar otra vez, queriendo que el pasado y el futuro se diesen la mano como amigos y firmar así por fin las paces con su alma.

Pero el vacío de su corazón se había convertido ya en una enfermedad incurable.

La curiosa

No lo puedo remediar, me encanta un chisme. Soy curiosa por naturaleza, pero curiosa de las vidas de los demás. La mía me interesa bien poco. Es más, no creo que pueda interesarle a nadie. Es tan anodina que no me voy a parar en detallarla. De verdad, créanme si les digo que se resume en una sucesión de hechos sin ninguna importancia. A mí nunca me ha pasado nada digno de relatar, pero bueno, ya que insisten, les contaré algunas cosas para que vean que son de lo más corriente, tonterías de esas que le pueden suceder a todo el mundo.

Pues resulta que una vez me tocó un reintegro y me puse tan contenta que parecía que me había tocado el gordo. Tanto es así, que para celebrarlo me fui al súper y compré unos langostinos que estaban de oferta. No debían de estar en muy buen estado porque a la mañana siguiente amanecí llenita de ronchas.

Así que me acerqué a urgencias, y estando allí, ¿con quién me encuentro? Pues con esa actriz famosísima, sí mujer, ¿cómo se llama? ¡Si tú la tienes que conocer, esa que trabaja en tantas series! Bueno, pues la cuestión es que ella había comido ostras y le habían sentado fatal. Tenía el mismo ronchero que yo, que picaba como un demonio. Así que para distraernos en lo que nos atendían –que menos mal que era urgencias–, nos pusimos a charlar. Ella de su vida no me contó gran cosa, ¡que más hubiese querido yo! Pero sin embargo la mía –no entiendo muy bien por qué– le resultó de lo más interesante. Me dijo que mi perfil encajaba con el de un personaje de la serie que estaba rodando y si yo quería, me hacían una prueba.

Me anotó un teléfono, y cuando me recuperé del sarpullido, llamé y me dieron cita.

Yo nunca había estado en un rodaje. ¡Chica, qué trajín! Qué cantidad de gente de un lado a otro. Y venga a repetir escenas una y otra vez, ¡nunca estaba contento el director!

Total, que me hicieron el *casting* ese y me dieron el papel. Tenía que hacer de portera cotilla, y claro, eso a mí se me da tan bien que me cogieron.

De ahí pasé a interpretar papeles por el estilo con algo más de diálogo, y me ganaba un dinerito que me venía de perlas. Algunas veces hasta me paraban por la calle para pedirme un autógrafo, ¡ya ves tú, como si yo fuese una gran actriz! La gente está loca.

Bueno, pues a lo tonto, me ofrecieron un papel de más enjundia, pero era en otra ciudad. El viaje y la estancia lo pagaban ellos, así que no me lo pensé. Metí mis cuatro trapos en la maleta y me fui como la que se va de vacaciones.

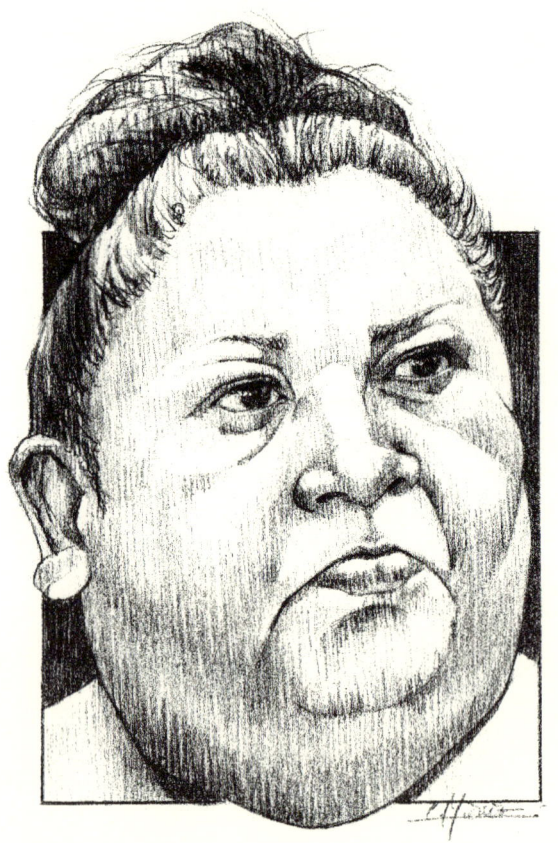

Al no ser muy lejos, el viaje fue en tren. Pues estaba yo tan pancha en mi asiento cuando noto que me están mirando. Desde el fondo del vagón, un señor madurito, la mar de atractivo, no me quitaba ojo y me sonreía. Yo entonces era más joven, aunque guapa, lo que se dice guapa, no he sido nunca, para qué te voy a engañar. Bueno, pues el caballero, en cuanto se quedó libre el asiento de al lado, se sentó conmigo a darme conversación.

Resulta que también participaba en el rodaje. En realidad, era el director, aunque de eso me enteré más tarde. Se veía que era una persona educada y no me quiso apabullar.

En lo que duró el rodaje tuvimos tiempo de irnos conociendo. Una cosa llevó a la otra y pasó lo que tenía que pasar. Vamos, que yo quería que pasara, porque sin calar el melón yo no voy a ninguna parte. El melón estaba en su punto, pero cuando el caballero quiso repetir, yo le dije que o pasábamos por la vicaría, o se acabó el carbón, que una es muy decente.

Así que nos casamos. Y ahí se acabó mi carrera de actriz, que no quería yo que nadie pensara que me había casado por interés para conseguir el papel de mi vida. Por mucho que mi Ernesto me insistió, yo que no y que no, que no hay necesidad de estar en boca de la gente.

Pero yo lo acompañaba a todas partes, ¡lo que viajé en aquella época! Y nos hospedábamos en los mejores hoteles, porque mi Ernesto, amén de estar forrado, era muy espléndido.

Pero chica, un día me pidió la pastilla de la tensión, que siempre la llevaba yo en el bolso para que no se olvidase, y como a mí tanto viaje me estriñe, me confundí y le di mi laxante. ¡Quién se iba a imaginar que era alérgico a esa pastillita de nada! Así que mi Ernesto se puso malísimo y se fue al otro barrio sentado en el trono.

Desde entonces, aunque me dejó dinero de sobra, he vuelto a mi cuchitril. Primero porque el barrio me tira mucho, y segundo porque no quiero que se me note que soy rica, que la gente es muy interesada.

Así que comprenderán ustedes, que después de estas cosas que les he contado y que le pueden pasar a cualquiera, me vuelva loca de contenta cuando oigo a la Mari meterle la bronca al marido porque ha vuelto borracho por cuarta vez esta semana; o que a la niña del quinto la han pillado haciendo aquello con el novio en la escalera, con lo meapilas que es su madre; o que el del segundo, tan mala persona que es, haya querido envenenar al perrito de la Lourdes porque se le había meado en el rellano; o…

Vecinos

Hace años que nos conocemos, aunque no hemos intercambiado una sola palabra. Desde la ventana de mi cocina a su azotea, y a la inversa, un cruce de miradas que no parecen ver ni fijarse en nada.

Nos vemos por la calle y no nos saludamos. Sería reconocer que nos observamos mutuamente en una especie de espionaje inevitable e involuntario, y eso nos llena de un pudor que no da lugar a presentaciones formales:

–Hola, buenas tardes, soy su vecina de enfrente. Aunque nunca lo haya saludado, conozco bien alguna de sus costumbres, como que todos los jueves limpia usted con mucho esmero las jaulas de sus pájaros, y que posee un don infalible para saber cuándo va a llover y no debe tender la ropa.

–Hola vecina, pues sí, a mí me sucede lo mismo con usted. Por ejemplo, me he fijado en que coloca la fruta por colores y compone así unos bodegones de lo más artísticos. También he observado que nunca abre la ventana de par en par, por miedo a que sus gatos se asomen más de la cuenta.

Últimamente he notado que el cuerpo le pesa más que de costumbre, y que cuando arregla a sus pajaritos se le ve ausente, pensando en otras cosas. Claro que él opinará lo mismo de mí, que quizás no ponga tanto cuidado en que los gatos se asomen o se dejen de asomar, y en que también voy envejeciendo.

Antiguos conocidos desconocidos, miradas que son puentes. Seguro que las palabras no dichas significan también algo, aunque no les demos importancia.

Con cara de velocidad

Con cara de velocidad. El eje de gravedad ligeramente desplazado para no perder el equilibrio. Me deslizo suavemente, con sensación de volar.

La gente me mira. Que miren. Me encanta llamar la atención.

En realidad, me hubiese gustado hacerlo con un descapotable, pero el subsidio del paro solo daba para este monopatín. Mejor; barato, cómodo y sin tener que pagar impuesto de circulación.

Solo hay que tener cuidado de no llevarme a nadie por delante. Pero eso no va a suceder porque soy un experto. Cojo las curvas trazando con amplitud el comienzo de una espiral, para verlas venir. Y si alguien se me cruza de improviso, salto y dejo que el monopatín vaya solo, a la deriva, sin control, sin responsabilidades. Como la vida que me gusta vivir, sin ataduras, sin esfuerzos innecesarios, sin dar explicaciones, libre.

La tatuada

Siempre he sentido esta necesidad. Desde pequeña, mientras otros niños dibujaban en un cuaderno o escribían en un diario, yo agarraba un bolígrafo y me pintarrajeaba brazos y piernas con toda clase de garabatos.

Entonces yo no sabía a qué obedecía este impulso. Hoy sé, porque lo siento, que todos los hechos relevantes de mi vida tienen que quedar grabados en mi piel y con dolor, de lo contrario me volvería transparente y difusa, hasta mi total desaparición.

No existe límite entre lo que me sucede y lo que soy. Soy porque me ocurre, y como si fuese una religión, debo dejar constancia de lo vivido en mi piel. Es el legado que me ofrezco a mí misma. Para no olvidarme nunca de quien soy ni de lo que seré.

Así, voy trazando en mi cuerpo el mapa de mi presencia en el mundo, la ruta que me llevará al siguiente episodio.

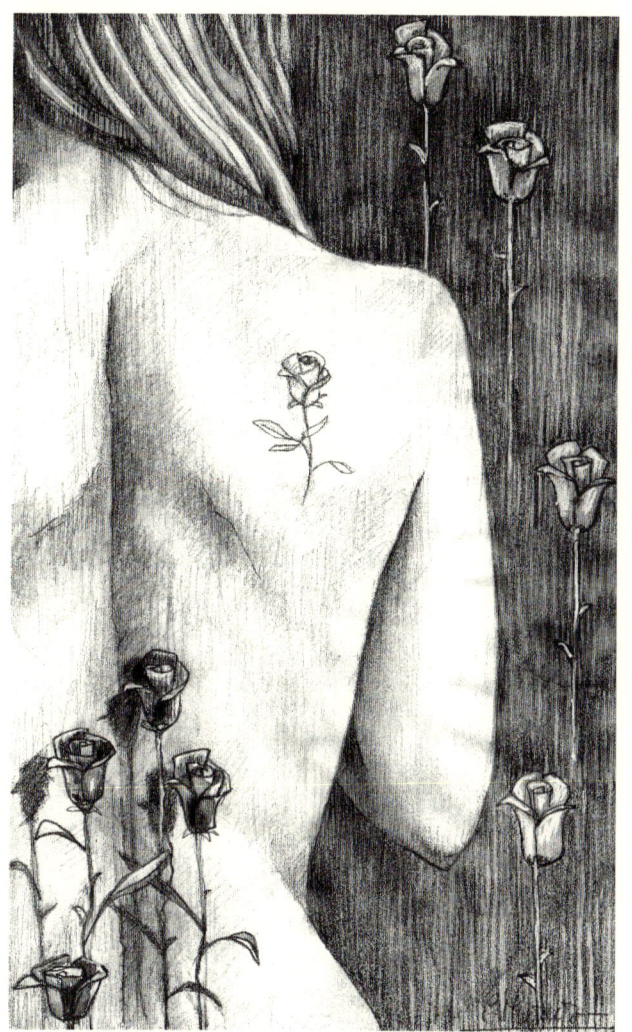

Mirándome al espejo, cada dibujo se va enlazando con el contiguo, aunque haya entre ellos un paréntesis de años. De algún modo misterioso, acaban encajando. No se entiende el uno sin el siguiente, y este a su vez se mantiene expectante a que aparezca el próximo –no se sabe cuándo–, para estar completo, para lograr explicarse del todo.

Las marcas de mi piel hablan un lenguaje propio que solo yo soy capaz de descifrar, pero comparten con el mundo su belleza. Representan etapas, acciones, acontecimientos que, a ojos de los demás solo pueden parecer un intrincado laberinto de formas y colores dispuestos en armonía.

Pero son algo más que prefiero guardarme sin dar explicaciones. El valor de mis símbolos dejaría de tener sentido, dejarían de protegerme. Que cada cual lo interprete como quiera.

Por si llueve

Desde que me despierto, y antes de levantarme, enciendo la radio. Es importante saber a qué tendremos que enfrentarnos hoy para ir preparando algunas estrategias.

Me he hecho adicto a los consejos que continuamente y por nuestro bien, nos ofrecen todos los medios de comunicación. Por eso, desde muy temprano, y antes de aventurarme a poner un pie en la calle, enciendo por este orden:

1. La radio.
2. La *tablet* (internet).
3. La televisión.

Para todo eso necesito levantarme una hora más temprano, pero merece la pena. Es impagable salir de tu casa sintiéndote seguro.

La radio, como ya he dicho, es lo primero que enciendo. Después, me llevo la *tablet* a la cocina y en lo que me preparo mi café descafeinado con leche desnatada sin lactosa –antes la tomaba de soja hasta que me enteré de que es transgénica y por tanto cancerígena–, voy viendo los canales de salud a los que me he suscrito. No son gratuitos, pero ya sabemos que la buena salud no tiene precio. Me encantan, porque siempre hay algún ítem nuevo que añadir a la ya larga lista de recomendaciones diarias.

Después, sin estrés –se acabó eso de desayunar de pie, de cualquier manera–, me siento en el sofá con mi desayuno proteico libre de hidratos y enciendo la tele. Los magazines son un lujo, más y más consejos valiosísimos para afrontar el día.

Como es verano, hoy insisten mucho en lo malo que es el sol. Consejos:

1. Que hay que ponerse crema protectora «pantalla total».

2. Que tienes que llevar siempre tu botellita de agua para no deshidratarte.

3. Que además, busques la sombra, no vaya a darte un golpe de calor.

Voy al armarito del baño y compruebo con horror que la crema protectora «pantalla total» se me ha terminado. No sé cómo he podido olvidarme de comprar un bote nuevo. Mentalmente hago una rápida evaluación sobre las recomendaciones para prevenir el alzhéimer:

1. Controlar el colesterol, la hipertensión, la obesidad –mi última analítica estaba para enmarcarla–.

2. Llevar una dieta saludable. Evitar tabaco y alcohol –tengo que erradicar la copita del fin de semana, el alcohol mata las neuronas–.

3. Caminar y mantenerse activo –a partir de mañana me levanto aún más temprano y me voy caminando al trabajo–.

4. Ofrecer retos a la mente –me apunto: comprar libritos de sudokus y crucigramas–.

5. Relacionarse con otras personas –me apunto: felicitar cumpleaños de parientes y allegados–.

Esta noche repasaré con más atención, ahora debo de ocuparme del presente.

Es evidente que sin la crema protectora «pantalla total» no me queda más remedio que cubrirme con ropa el cuerpo entero. Mientras rebusco en mi habitación algo que me tape y no me abrase, oigo al hombre del tiempo desde la tele del salón diciendo que hoy lloverá torrencialmente. Me asomo a la ventana. Cielo despejado hasta el infinito y un calor que raja las piedras, pero si lo dice el experto, y por si acaso, habrá que llevarse el paraguas.

Pensamientos

La mujer, abstraída, remueve su café en un gesto mecánico. El remolino que se va formando en el fondo de la taza le recuerda que se ha dejado la lavadora puesta y en ese momento, debe estar centrifugando.

Ya quisiera yo ponerla de madrugada –piensa–, cuando la tarifa de la luz es más barata, pero el vecino de arriba se queja del ruido, y el vecino de abajo de los saltos que pega. La verdad es que la lavadora es una reliquia, pero ahora mismo, con la exigua pensión de viudedad que me ha quedado, no me puedo permitir comprar una nueva.

Cuando vivía mi marido, no es que nadáramos en la abundancia, y eso que teníamos una niña, pero tampoco pasábamos estas estrecheces, que a veces hasta para comprar el pan tengo que echar cuentas.

¡Ay, mi hija! Otro capítulo. Mira que se lo advertí una y mil veces: «No te dejes deslumbrar por ese, que parece un buen hombre, pero es un mal bicho. Mira que tú sabes que yo calo bien a la gente. Fíjate que le baila el ojo con toda la que se le pasa por delante». Pero nada, basta que se lo dijese su madre para que la

niña hiciera justo lo contrario. En fin, ley de vida supongo, los hijos tienen que tomar sus propias decisiones y cometer sus propios errores.

Y ahora ahí la tienes, divorciada y con dos criaturas a su cargo, porque claro, el marido se desentiende y ni la manutención les pasa, así que mientras que se arregla el pleito, mi hija trabaja en lo que puede todo el santo día; ¿y a quién le toca bregar con los niños? Pues a su abuela, claro está, a quién si no. Y eso me recuerda que tengo que hacer la compra y preparar la comida antes de recogerlos del colegio, que no veas como jalan las criaturitas. Pues hoy va a tocar macarrones con tomate otra vez, y de postre un plátano, la cosa no da para más.

Mis nietos son mellizos, y lo que tienen de guapos lo tienen de insufribles. El médico le ha dicho a mi hija que son hiperactivos y que el divorcio de los padres no ayuda en nada.

A mí sí que no me ayuda este trajín con la edad que tengo. El otro día acabé en urgencias con un dolor en el costado que no me dejaba respirar. De verdad que yo pensé que era un infarto, y por lo visto fue un ataque de ansiedad de los gordos. Vamos, que se me iba la vida y yo pensando a ver quién recogía a los niños del colegio, que no tuve tino ni para llamar a mi hija. Al final me despacharon con un ansiolítico y me dio tiempo de llegar, ¡ni ese día pude librarme!

Hasta estoy perdiendo a mis amigas del barrio. Antes, íbamos a echarnos el cafelito y a soltar los demonios cotidianos, y por lo menos una se desahogaba y las cosas como que no pesaban tanto. Ahora, el café me lo tomo sola, tempranito, cuando dejo a los niños en el colegio, porque a esas horas mis amigas jubiladas están todavía desperezándose en la cama.

A ver si se arregla pronto lo del pleito y mi hija encuentra un trabajo digno porque entre unos y otros van a acabar conmigo.

–Señora, ¿le traigo otra cosa? El café se le ha debido de quedar frío.

Índice